Die mittlere Schwester

- eine fast normale Familiengeschichte

Melanie Meurer

Bibliografische Information der Deutschen
Nationalbibliothek: Die Deutsche
Nationalbibliothek verzeichnet diese
Publikation in der Deutschen
Nationalbibliografie; detaillierte
bibliografische Daten sind im Internet
über dnb.dnb.de abrufbar.

©2021 Melanie Meurer

Herstellung und Verlag:

BoD – Books on Demand, Norderstedt

ISBN: 9783754374863

Ich widme dieses Buch meinen beiden
Schwestern, stellvertretend für alle
Schwestern dieser Welt. Die besondere
Vielfalt der Beziehung zwischen uns und
die ganz spezielle Stellung jeder
Einzelnen innerhalb unserer merkwürdigen
Familie ist die Grundlage dieses Buches.

Dabei erzähle ich von vielen durchlebten
Lebenssituationen und versuche dadurch die
Ursachen für manche Verhaltensweisen der
drei Schwestern zu ergründen. Natürlich
deute ich die Erkenntnisse als die einer
mittleren Schwester, meine beiden
Schwestern sehen viele Sachen und
Situationen sicherlich völlig anders.

Aber das liegt wohl in der Natur der
Dinge.

Alles normal

Kommt ein Kind auf die Welt, dann wird es meist in eine Familie hineingeboren. Das kann das Elternpaar sein, das sich mehr oder auch weniger auf das kommende Baby gefreut hat, das kann aber auch eine bereits komplette Familie mit Kind oder Kindern sein, die durch dieses Baby eben noch aus einem Kind mehr besteht.

Was sich bei jeder Geburt eines Kindes gleicht, weltweit, ist das Gefühl des Neuankömmlings. Von Anfang an bis in die folgenden Jahre hinein ist die Familie, in die das Kind hineingeboren wird für dieses Kind - normal. Wie auch immer es in dieser Familie auch zugehen mag.

Erst mit zunehmendem Alter fällt dem Kind auf, dass es, neben der eigenen Familie auch noch völlig andere Familienverhältnisse gibt. Wenn es nach links und rechts schaut, wenn es Einblicke in andere Familien bekommt, durch Verwandtschaft oder Freunde, fallen dem Kind schon Unterschiede zur eigenen Herkunft auf. Dabei nimmt es die neuen Erkenntnisse einfach und erstmal ohne Wertung auf, registriert sie wahrscheinlich lediglich am Rande. Doch immer noch ist die eigene Familie der Lebens-Mittelpunkt und für jedes Kind erst einmal genau so richtig, wie sie ist.

Oft entwickeln die Kinder erst im Erwachsenenalter, durch Abstand und den Auszug aus der elterlichen Wohnung, einen anderen Blickwinkel auf die Familie.

Doch da ist das Kind bereits zu alt und die, von den Eltern gestellten Weichen bereits zu fest verankert, um Fehler, die im Elternhaus durch die Eltern zugelassen oder sogar gemacht wurden, einfach zu beseitigen. Diese können dann nur noch schwer berichtigt werden, ja, sie haben meist bereits Narben und Verkrustungen auf den jungen Erwachsenenseelen hinterlassen.

Verstärkt werden diese Erkenntnisse noch durch die Gründung einer eigenen Familie. Ich glaube, es ist völlig natürlich, dass erst durch das selber-Eltern-werden über die Position der eigenen Eltern nachgedacht wird. Während dem Durchleben alltäglicher Situationen mit dem eigenen Kind sieht man als Vater oder Mutter die Missstände der eigenen Eltern. Ihr Verhalten in der Vergangenheit beeinflusst automatisch unser Verhalten in der Gegenwart. Wie auch unseres unweigerlich Auswirkungen auf unsere eigenen Kinder haben wird.

Wer kennt das nicht von sich selber, dass man sich als junges Elternteil vornimmt, genau diese Art der eigenen Mutter oder des Vaters keinesfalls übernehmen zu wollen?

Klar ist das manchmal kontraproduktiv,
sollte uns doch bewusst sein, dass auch
unsere Kinder einmal genau so denken
werden. Doch die Hoffnung aller Eltern
bleibt, dass ihnen unsere positiven
Verhaltensweisen und Entscheidungen
besonders prägend in Erinnerung bleiben.

Die Schwestern

Nicht Fisch - nicht Fleisch. Kurz und
knapp trifft es das auf den Punkt. Die
Konstellation von drei Schwestern
beherbergt für die mittlere Schwester eine
merkwürdige Rolle innerhalb der Familie.
Nachfolgend erzähle ich von meinen beiden
geliebten Schwestern. Von den Erfahrungen
und meinen persönlichen Einschätzungen.
Unser aller Leben wurde von vielen kleinen
und wenigen großen Ereignissen in der
Familie geprägt. Die große Schwester war
ein Einzelkind. Eltern, Großeltern, alle
liebten sie. Das erste Kind, die erste
Enkelin, für jeden war sie etwas
Besonderes.

Fünf Jahre später kündigte sich die Geburt einer kleinen Schwester an. Selbst dem stark gewölbten Bauch der Mutter konnte die Erstgeborene noch Positives abgewinnen. Doch, als die kleine Schwester erstmal auf der Welt war, merkte die Große wohl bald, dass sie nun an ihren Aufgaben wachsen werden muss. Wurde doch auf einen Schlag wesentlich mehr von ihr verlangt.

Seit dem Tag der Geburt der kleinen Schwester stand sie nicht mehr im Vordergrund. Sie bekam Sätze zu hören, wie: „Du kriegst dein Essen später, jetzt muss ich erstmal das Baby stillen." Oder: „Die Kleine schreit, du bist ja schon so groß, ich komme gleich." Ganz typisch die Bitte: "Spiel mal etwas leiser, deine kleine Schwester schläft."

Es wurde wahrscheinlich sehr schnell von ihr erwartet, dass sie als große Schwester Verantwortung übernimmt. „Gib deiner Schwester was von dem Keks ab. Wenn du sie halten willst, pass gut auf, dass sie dir nicht runterfällt." Sie wurde bestimmt auch einbezogen in das Aufziehen der Schwester: "Willst du ihr mal das Fläschchen geben?"

Dazu kam für die große Schwester die ungewohnte Lebenslage, dass Sie von einem Tag auf den anderen in manchen Situationen wesentlich mehr auf sich selbst gestellt war.

"Mama kann grad nicht, versuch doch mal, ob du das alleine kannst." Oder: „Du bist schon so groß, denk mal selber darüber nach. Du siehst doch, dass ich keine Zeit zum Spielen habe."

So hat die große Schwester bei der Geburt der dritten Schwester schon einiges an Übung, wie sie sich als solche zu verhalten hat und was die Eltern von ihr erwarten. Die kleinste Schwester ist und bleibt das Nesthäkchen. Sie wird sich im Leben meist mehr behaupten müssen als ihre „großen" Vorbilder. Sie kann als kleines Kind machen, was sie will, immer gibt es jemanden, der ihre Lernprozesse schon vor ihr durchgemacht hat. Es gab schon zwei Schwestern, bei denen sich die Mutter freute, wenn sie ihre ersten Schritte taten oder die ersten Worte sprachen. Die Kleine kann die Eltern nur noch schwer überraschen mit ihren persönlichen Leistungen.

Doch hat sie auch den großen Vorteil, dass von ihr keinesfalls so viel erwartet wird, wie von der Erstgeborenen. Selbst von der mittleren Schwester wird mehr erwartet als von ihr. Sie wird meist einfach so akzeptiert, wie sie ist, braucht sich und ihr Verhalten erstmal nicht erklären und verteidigen. Die beiden Schwestern werden meist ermahnt, sie müssen Rücksicht auf die Jüngste nehmen.

Die kleinste Schwester lernt schon früh, ihren Charme und Raffinesse gegen die großen Schwestern einzusetzen, da sie ihnen ja erstmal natürlich körperlich unterlegen ist. „Mama, die Große hat mich geschubst." Oder: "Ich kann das nicht, kannst du mir helfen?" Kreativ und ehrgeizig versucht die Kleine gleichzeitig, sich charakteristisch von ihren Schwestern abzusetzen. Sie entwickelt den starken Willen, ihren Schwestern nicht immer blind alles nachmachen zu wollen, sondern den eigenen Weg zu finden: „Die beiden machen das ja schon so, also mach ich das eben anders".

Als jüngste Schwester muss sie noch viel weniger als die mittlere Schwester um ihre Rechte bei den Eltern kämpfen: „Ich kann das auch schon!" Oder: „Um diese Zeit sollte ich zu Hause sein? Sorry, vergessen." Die Eltern, mittlerweile mit kinderreichen Erfahrungen, gehen vielleicht nicht immer auf jedes Verhalten oder jede Sorge der Kleinen ein. So ist sie daran gewöhnt, Probleme eher selber zu lösen.

Die mittlere Schwester aber hat die schwierige Aufgabe, zwischen beiden Verhaltensmustern hin – und her zu schwanken. Sie ist sowohl große, als auch kleine Schwester. Sie muss erst noch ihre Rolle innerhalb der Familie finden, sich nach oben und nach unten hin behaupten.

Immerhin war ja auch sie in der ersten Zeit, bis zur Geburt der Jüngsten, das Nesthäkchen. Daher ist es oft so, dass sich die mittleren Kinder eher ausgleichend auf die Charaktere der anderen Geschwister auswirken. Bei uns war es immer und ist bis heute so, dass beide, sowohl meine große, wie auch meine kleine Schwester wesentlich temperamentvoller sind als ich. Ja, manchmal sind sie selbst von mir nicht zu bremsen - und das ist herrlich.

Die Schwester, die auch Sandwich-Kind genannt wird, führt einen steten inneren Kampf mit sich aus. Zeitlebens hatte ich beispielsweise das Gefühl: Meine große Schwester war immer etwas Besonderes für meine Eltern. Das war sie ja auch, schließlich war Sie das erste Kind und hatte damit immer eine Sonderstellung inne. Meine kleine Schwester hingegen war immer das Nesthäkchen. Damit war auch sie immer besonders für die Familie. Sie war immer die süße Kleine, um die man sich kümmerte und auf die man als Große immer Rücksicht nehmen musste.

Ich dagegen? - Was war ich?

Meine Schuld

Doch ein behütetes auf-die-Welt-kommen,
das habe ich meiner kleinen Schwester
leider schon ganz zu Beginn ihres Lebens
unmöglich gemacht.

Damit wären wir bei meiner frühesten
Erinnerung. Ich kenne niemanden, der sich
noch an etwas in diesem Alter erinnert,
doch ich weiß sicher, dass ich keine zwei
Jahre alt war. Ich saß damals beim Essen
auf einem Stuhl und mein Löffelchen fiel
mir hinunter. Das Gefühl, als ich mich
danach bückte und dabei vom Stuhl fiel,
ist noch immer so real, als wenn es
gestern erst passiert wäre. In späteren
Jahren erfuhr ich dann, dass ich mir
damals bei dem Sturz einen
Schlüsselbeinbruch zugefügt habe.

Ich kam natürlich ins Krankenhaus und lag
dort in einem Babybett mit vielen anderen
kleinen Kindern in ihren Bettchen in einem
großen Raum. Seitlich, am Fußende meines
Bettchens war ein kleines Fenster. Durch
das schaute meine Mutter hinein auf mich.
Ich erinnere mich stark an das Gefühl,
dass ich unglücklich war, weil sie nicht
bei mir war. Heute würde ich sagen, ich
fühlte mich bestraft, weil meine Mutter
nur auf diese Entfernung auf mich herab
sah und mich nicht in den Arm nahm.

Viel später erfuhr ich, dass meine Mutter zu dieser Zeit hochschwanger war und durch den Schreck meines Unfalls, frühzeitig meine Schwester auf die Welt brachte. So kam es, dass wir beide altersmäßig nicht ganz zwei Jahre voneinander entfernt sind. Komischerweise habe ich noch heute ein schlechtes Gewissen und denke manchmal, dass ich ihr vielleicht den Einstieg ins Leben erschwert habe. Aber natürlich ist das Quatsch, oder?

Unsere Straße

Als mittlere Schwester fühlte ich mich immer anders behandelt als meine Schwestern. Ich dachte lange Jahre, das läge daran, dass auf die Große immer mehr Acht gegeben wurde, da sie ja ein Vorbild sein muss und dass die Kleine sehr behütet wurde, da sie ja unser Nesthäkchen war. Fast 40 Jahre später sollte ich den wahren Grund dafür erfahren.

Doch, um bei dramatischen,
traumatisierenden Erinnerungen zu bleiben,
meine nächste habe ich an die Zeit, als
ich drei Jahre alt war.

Ich habe in diesem Alter schon regelmäßig
nachmittags draußen in unserer Straße
gespielt. Wahrscheinlich nicht alleine,
sondern unter Beobachtung meiner Mutter,
aber ich wusste, ich würde dort immer mit
einem anderen kleinen Mädchen spielen.
Soweit man das in diesem Alter sagen kann,
war Mona meine Freundin. Wir waren in etwa
gleichaltrig und ich mochte sie.

Eines Tages erzählte eine Frau in meiner
unmittelbaren Nähe meiner Mutter von dem
Unfall. Sie schimpfte, dass die kleine
Mona einfach auf die Straße gelaufen ist.
Es sei so tragisch gewesen, wie die Eltern
laut weinend hinter dem kleinen, weißen
Kindersarg hergelaufen wären. Ich verstand
natürlich nicht, was geschehen war und
niemand erklärte es mir. Erst Jahre später
konnte ich das Erlebnis einordnen und die
Tragik des Geschehenen verstehen.

Ich weiß nicht, was diese Erfahrung mit
der Psyche eines kleinen Kindes anstellt,
doch heute, im Alter, frage ich mich, ob
das Erlebnis der Grund dafür sein könnte,
warum ich mich mein ganzes Leben lang
schwer getan habe, eine beste Freundin zu
finden.

Doch wenn ich an die Straße zurückdenke, in der wir damals wohnten, dann bin ich glücklich und muss automatisch lächeln. In unserer Straße war immer die Hölle los.

Viele kinderreiche Familien wohnten dort und Kinder in jeder Altersgruppe waren da vertreten. Es wurde Rollschuh gelaufen und „Ochs hinterm Berg" gespielt. Wir machten Seilspringen mit zwei langen Seilen und in großen Gruppen, sowie Gummitwist und andere Spiele, bei denen viele mitmachen konnten. Mitten auf der Straße wurde Federball gespielt und wenn mal ein Auto vorbei kam, wurde das Spiel eben kurz unterbrochen.

Wir spielten auch ein spannendes Spiel, das hieß „Deutschland erklärt den Krieg". Dabei wurde die Weltkugel mit Kreide auf die Straße gemalt und ein Spieler durfte Deutschland sein. Der Rest der Welt wurde in die Länder aufgeteilt, die sich die Mitspieler aussuchten. Jeder Mitspieler setzte einen Fuß in sein Land und der Deutschland-Spieler erklärte den Krieg gegen..... eines der anderen Länder. Nun mussten alle ganz schnell sein und sich von der Weltkugel entfernen. Nur das genannte Land musste seinen Fuß in die Mitte der Welt setzen und „Stopp" rufen. Dem Mitspieler, der ihm am nächsten war, durfte er ein Stück seines Landes abnehmen und mit Kreide markieren. So wurde Länder hin - her erobert.

Heute unvorstellbar und politisch sowas
von unkorrekt, doch Ende 1960 waren solche
Spielchen von den Eltern und Großeltern
überliefert und wir Kinder dachten uns
noch nichts dabei.

Immer wieder wurde auch Fußball gespielt.
Ich, als eine der kleineren Kinder, konnte
körperlich noch nicht mit den anderen
Kindern mithalten und musste mich immer
ins Tor stellen. Daher bilde ich mir ein,
recht gut fangen zu können, denn unser Tor
war das Garagentor des Nachbarn und wir
bekamen Ärger, wenn der Ball zu oft gegen
das Metalltor flog. Also musste ich den
Ball unbedingt erwischen, sonst durfte ich
nicht mehr mitspielen. - So einfach war
das. Mach deine Sache gut oder du bist
raus!

Einmal machte ich mit einem anderen
Mädchen sogar beim "richtigen"
Fußballtraining mit. Nachdem ich allen
Jungs immer nur hinterherrennen musste und
stets zu spät kam, um den Ball zu
erwischen, hatte sich das Thema
Fußballspielen für mich erledigt. Damals
wäre eine Mädchenmannschaft noch völlig
undenkbar gewesen. Ähnlich erging es mir
beim Judo. Wie gerne hätte ich es
ausprobiert und habe meine Mutter
angebettelt, doch vergebens. War das doch
damals ein enorm exotischer Sport, bei dem
lange Zeit nur Jungen mitmachen durften.

Auch als Ministranten der katholischen Kirche waren Mädchen damals nicht erwünscht. Die Reihe dieser, heute unglaublichen Beschränkungen für Mädchen sind zu dieser Zeit alltäglich und völlig normal gewesen.

Dazu gehört auch das Thema Berufsausbildung. War uns Schwestern doch vorgegeben: „Macht irgendeine Lehre, denn heiraten werdet ihr ja sowieso, dann ist es vorbei. Studieren lohnt sich für Mädchen nicht."

Beim Spielen in unsere Straße musste meine große Schwester wohl immer einen Blick auf uns kleinere haben, denn ich erinnere mich, wie sie mir beim Hinfallen aufhalf, indem sie mich einfach und sehr schmerzhaft an meinem Pferdeschwanz wieder in die Höhe zog. Damals musste ich sie auch bei ihren ersten Schwärmereien unterstützen. Ich diente ihr als Alibi, damit sie mehrmals am Haus eines Verehrers vorbei gehen konnte, in der Hoffnung ihn zu sehen. Zu dieser Zeit bewunderte ich die Große besonders, denn sie war unglaublich hübsch, groß, weiblich und sehr beliebt.

In unserer Straße wurde gespielt, geärgert, gelacht, Dummheiten gemacht. In einer Garage um die Ecke rauchte ich meine erste Zigarette.

Ich war neun und tat nur das, was alle
getan hatten, die mit mir in der Garage
waren. Natürlich war die Zigarette
scheußlich aber jeder wollte dazugehören
und versuchte, möglichst lässig daran zu
ziehen. Wenigstens schaffte ich es, meine
kleine Schwester abzuhängen und dieses
Abenteuer alleine zu erleben.

Später dann zog einer meiner zahlreichen
Onkel, der Bruder meines Vaters, mit
seiner Frau und vier Kindern in unser
Nachbarhaus ein. Endlich war unsere
Familie in der Straße zahlenmäßig
überlegen und bald hatten wir uns einen
Namen gemacht. Mit meiner geliebten
Cousine und dem großen Cousin fanden die
ersten Playback - Tanzshows statt. Wenn
ich dann nach einem Spielnachmittag nicht
genug kriegen konnte und meinen, ansonsten
sehr lustigen Onkel wieder mal anbettelte,
dass meine Cousine bei mir schlafen darf,
konnte ich natürlich nicht verstehen, dass
er das in den fast zehn Jahren, die wir
dort nebeneinander wohnten, nicht einmal
zuließ. Heute denke ich, vielleicht hatte
das damals schon seinen Grund und er
wusste mehr oder ahnte etwas.

Unsere Straße war gewissermaßen die Schule
meines Lebens und als ich mit 12 Jahren in
eine bessere Gegend zog, war meine
sorglose Kindheit vorbei.

Der rote Block

So hieß ein Häuserblock in unserer Nachbarschaft, der auf unserem Weg in die Grundschule lag. Dort wohnten Familien mit vielen Kindern, die einen schlechten Ruf hatten. Mit Kindern vom roten Block spielte man nicht. Mit Kindern aus dem roten Block legte man sich nicht an. Die Kinder aus dem roten Block sind asozial, aggressiv und unberechenbar, hieß es. Wenn ich auf dem Schulweg alleine an dem Haus vorbei musste, wechselte ich aus Furcht sogar die Straßenseite.

Aber die Vorurteile waren damals irgendwie anders als heute. Sie kommen mir weniger gefährlich, weniger menschenverachtend vor, als heutzutage. In unserer direkten Nachbarschaft lebte eine italienische Familie, mit dessen Sohn ich gerne spielte.

Ebenso waren wir Kinder gut mit einer Familie befreundet, wo Vater, Tochter und Sohn vietnamesische Flüchtlinge waren. Die Ehefrau und Adoptiv-Mutter war eine freundliche Deutsche. Auch diese Zeit hat mich fürs Leben geprägt. Ich habe immer versucht, nicht gesucht aber doch gefunden, einen guten Kontakt und Freundschaften zu anderen Nationen zu haben. Dazu gehörte auch Mustafa. Er kam eines Tages in meine Grundschule. Etwas ungewohnt sah er schon für uns aus.

Ganz buschige Augenbrauen, einen
dunkelschwarzen Wuschelkopf und ich
glaube, er verstand kein einziges Wort von
dem, was man sagte. Viele in der Klasse
mieden ihn, doch mir tat er eher leid. Er
schaute immer recht traurig, wenn er sah,
wie wir Lineal, Stifte oder Radierer aus
unserer Schultasche nahmen. Er hatte all
dies nicht und nachdem er neben mir saß,
lieh ich ihm, was ich abgeben konnte.

Die Kindheit mit all unseren
vorurteilsfreien ausländischen Begegnungen
prägte uns Schwestern. Auch im
Erwachsenenalter begleiteten uns oft
Freundschaften zu anderen Nationen. Ich
würde uns als weltoffen und
unvoreingenommen bezeichnen.

Gute Nacht

Ansonsten vergingen die Jahre, so scheint
es mir heute, mit Schule und Spielen.
Lediglich manche Nächte waren
fürchterlich.

Ich schlief mit meinen beiden Schwestern
in einem Zimmer. Eines Abends überkam mich
die feste Einstellung: Ich gehöre hier
nicht her. Ich war mir sicher, meine
Eltern würden mich anders behandeln und
weniger lieben, als meine beiden
Schwestern.

Hatte ich doch immer das Gefühl, für meine
Eltern unsichtbar zu sein. Auf den Kopf
sagte ich meiner Mutter unter Tränen zu,
sie solle doch endlich eingestehen, dass
ich nur von ihnen adoptiert wurde. Doch
sie wiegelte nur ab und ließ mich mit
einer großen Einsamkeit zurück. Heute
fühle ich mich in meinem Gefühl bestätigt,
wenn auch leider aus einem anderen,
traurigen Grund.

Wenn unsere Mutter uns eine gute Nacht
wünschte und die Treppe hinunterging,
dauerte es nicht mehr lange und unsere
Große drückte auf den Lichtschalter und
legte mit Albereien los. Sie ließ meine
kleine Schwester und mich nicht gerne
einschlafen, obwohl wir oft fast
bettelten, schlafen zu dürfen, aber lustig
war's doch. Ständig wusste sie was neues,
Aufregendes zu erzählen.

Eines Nachts wurden wir von der Sirene
geweckt. Auch heute sitzt der Schock noch
tief, wenn ich daran denke, wie der Vater
der Familie aus dem brennenden Haus
gegenüber auf einer Bahre zum Krankenwagen
getragen wurde.

Das Haus hatte mitten in der Nacht Feuer gefangen. Ich weiß nicht, was aus der Frau und den, zur damaliger Zeit üblichen, vier Kindern geworden ist. Der Mann, so hörten wir, hatte eine Rauchvergiftung erlitten.

Jahrelang dachte ich, meine große Schwester würde aus diesem Grund, aus Schock darüber, immer wieder nachts, schrecklich schreien. Ihr nächtliches Wimmern hörte sich für mich wie das Sirenengeheul an, begann leise und in tiefen Tönen und endete laut in den höchsten Tönen.

Oft hatte ich deswegen Alpträume, auch noch in späteren Jahren. Diese Schreie wurde ich meinen Lebtag nicht mehr los. Erinnerungen an solche Nächte sind nach all diesen Jahren noch genauso präsent, wie die eine, besondere Nacht. Ich wurde wach, als die Mutter meine kleine, weinende Schwester ins Bett brachte und beschwichtigte: "....das hast Du nur geträumt........das bildest Du Dir nur ein....sowas darfst Du nicht sagen...ich will das nicht hören...."

Die Erinnerung zerreißt mich heute und automatisch frage ich mich, wie hätte ich reagieren können? Ich war doch auch nur ein kleines Kind.

Partykeller für alle

Nach außen hin waren wir eine normale Familie, mit normalem Leben und normalen sozialen Kontakten.

Wir hatten sogar einen Partykeller. Durch unsere Garage konnte man direkt durchgehen und dort hineingelangen. Im Karneval und zu manch anderen Festen stand das Garagentor einfach offen und meine Eltern feierten gut besuchte Partys mit Familie, Freunden und Nachbarschaft.

In unserer Gegend war es zur Karnevalszeit üblich, das Leute, die irgendein Instrument beherrschten, sich zusammentaten und musizierend von Fest zu Fest zogen. Damals fanden bei uns viele lustige Feiern statt, die für uns Kinder meistens damit endeten, dass irgendwelche beschwipsten Erwachsenen uns beim Schunkeln herumrissen. Aber eigentlich fand ich diese Feiern immer recht lustig, bis zu diesem Moment, wenn die Menschen sich nicht mehr unter Kontrolle hatten.

Wir Mädels haben mitgefeiert. Meine kleine Schwester musste natürlich früher zu Bett und wenn ich dann gehen musste, sah meine große Schwester schon nicht mehr so gut aus. Tiefe Ränder hatte sie unter den Augen und ich glaube, damals hatte sie wohl Alkohol getrunken. Vielleicht, so denke ich heute, schrie sie damals um Hilfe. Doch niemand hat sie gehört.

Der Vater

Nein, mein Vater war sicher kein feinfühliger Mensch. Wenn von uns Kindern jemand fragte, wo unser Vater hingeht, war seine typische Antwort: „Den Hund hängen, und wenn der gehängt wurde, dann bist du dran!" Natürlich haben wir dann irgendwann aufgehört zu fragen. Besonders grausam ist mir ein Sonntag in meinem 3. Lebensjahr in Erinnerung. Damals hatten meine Eltern eine kleine Hasenzucht. Wir verkauften diese an die Nachbarschaft die, genau wie wir, dann am Sonntag einen Hasenbraten daraus gemacht haben. Das war für uns Kinder auch in Ordnung und wir kannten es nicht anders. Einmal hatten wir einen besonderen Hasen. Es war ein Albino mit weißem Fell und roten Augen. Ich fand den so süß und besonders lieb und durfte dann auch den ganzen Tag mit ihm spielen. Wohl mehr aus Spaß nannte mein Vater ihn „meinen Hasen". Das sagte er dann auch eines Sonntags Mittags zu mir, als der Hase - mein Hase - gebraten vor mir auf dem Tisch lag. Mein Vater lachte nur.

Wenn es ein Essen gab, was ich wirklich hasste, dann war das Erbsensuppe. Hin und wieder kochte unser Vater, so wie an diesem einem Tag, als unsere Mutter beim Arzt war. Ich konnte die Suppe, die er mir vorsetzte nicht essen.

Mich ekelte davor, doch je länger ich mich weigerte, desto mehr schimpfte Vater mich. Unter Tränen würgte ich mir einige Löffel hinein, doch dann geschah das Schreckliche. Ich musste mich übergeben. Brav wie ich war, landete mein Erbrochenes in meinem Teller. Er wurde noch wütender und lauter und zwang mich dazu, meinen Teller mitsamt dem Erbrochenen restlos leer zu machen.

Fleißig war er, unser Vater. Er hatte immer irgendwelche Geschäfte am Laufen. Zusätzlich zu seiner Arbeit hatte er noch verschiedene Nebenverdienste. Manchmal hatte er auch Nachtschicht und wenn er dann nach Hause kam, schlief er tagsüber. Wir wurden immer wieder dazu angehalten, ruhig zu sein, denn wenn er wegen uns wach wurde, schimpfte er fürchterlich.

Meist waren wir leise, doch bei einem Streit unter Geschwistern wurde er einmal wach. Er stürmte auf uns zu und schlug mich, dass ich zu Boden fiel. Als ich weinend vor ihm am Boden lag trat er sogar noch einmal mit dem Fuß zu. Sicher nicht allzu fest, denn an Verletzungen kann ich mich nicht erinnern. Doch er war in seiner Rage kaum zu bremsen und wäre nicht mein Streitgegner gewesen, der beschwichtigend dazwischen ging, hätte er wohl weiter getreten, davon war ich überzeugt.

Allerdings sind die Situationen, in denen wir Kinder mal eine Ohrfeige von Mutter oder Vater bekamen an einer Hand abzuzählen. Diese Art von Gewalt war in unserer Familie nicht allgegenwärtig.

Ich erklärte mir oft das unberechenbare Verhalten meines Vaters mit seiner schweren Kindheit. Während der Vater im Krieg war, musste er als Ältester von sieben Kindern seine Mutter unterstützen und irgendwie für die Ernährung der Geschwister sorgen. Frühes und schweres Arbeiten, Handeln und Schmuggeln, das alles war für ihn jahrelang Alltag. Dabei härtete er ab und das war auch meine Erklärung, warum er mich nicht herzlich in den Arm nehmen konnte, wenn wir uns, auch in späteren Jahren, nach langer Zeit wiedersahen. Wie hatte ich mich geirrt.

Die Mutter

Über die Mutter gibt es nicht viel zu sagen. Eigentlich war ich immer stolz auf sie, wenn sie, flott angezogen zum Elternabend in die Schule ging. Sie sah gut aus, war modern und adrett.

Ihr Vater war während des 2. Weltkrieges in Russland in Gefangenschaft und sie behauptete immer, er wäre recht streng gewesen. Das erklärt vielleicht die frühe Hochzeit, doch das war für diese Zeit auch normal.

Arbeiten war damals für Frauen absolut unüblich, doch war sie stets beschäftigt mit Haushalt und uns Kindern. Vielleicht täuscht mich meine Erinnerung, doch ich kann mich nicht an Hausaufgaben-Betreuung oder ähnliche Unterstützung erinnern. Wir waren doch sehr auf uns selbst gestellt. Sie brachte uns jeden Abend ins Bett, doch an Gute-Nacht-Geschichten entsinne ich mich genau so wenig, wie an Schmuseeinheiten, die wir Kinder natürlich gebraucht hätten.

Äußerlich hatten wir alles, was wir brauchten. Wir waren stets modern gekleidet, besaßen sogar Fahrräder und mussten nicht hungern, wenn wir auch mit dem Essen sparsam erzogen wurden. Auf das tägliche Brot gab es oft nur Zucker oder eine geschnittene Banane. Getrunken wurde meist Tee oder Milch. Wurst und Fleisch waren für uns immer etwas Besonderes. Wurde beim Essen nicht konzentriert auf den Teller geschaut, konnte es passieren, dass jemand ein Stück Wurst vom Teller klaute.

Das neue Zuhause

Dann waren diese Zeiten vorbei, wir zogen um, in ein anderes Haus, in einen anderen Stadtteil und unsere Eltern hatten nur noch selten Besuch. Aus heutiger Sicht weiß ich, dass die damalige Lebenssituation in der alten Siedlung wohl nicht mehr so einfach möglich geworden war. Scheinbar waren Gerüchte im Umlauf und Leute stellten Nachfragen. Doch Genaueres kann ich dazu auch heute noch nicht sagen.

Für etwa zwei Jahre lebte in unserem neuen Zuhause eine unserer zahlreichen Cousinen bei uns. Sie war älter als ich, etwa in dem Alter meiner großen Schwester und machte in unserer Nähe eine Ausbildung. Meine Eltern bekamen dafür von meiner Tante etwas Geld, was sie zu dieser Zeit scheinbar gerne genommen haben. Lange Zeit hatten wir mit diesem Zweig der Familie sehr engen Kontakt, doch der legte sich, als die Cousine wieder auszog. Heute würde ich gerne nochmal mit ihr reden über ihre Lebenszeit in unserem Haus.

Für mich war jedenfalls die schöne Kindheit unter den vielen Kindern unserer Straße vorbei. In unserem neuen Zuhause wurde ich einsamer und einsamer. Ich zog mich mehr und mehr in mein Zimmer zurück, hörte Musik und träumte von der großen, weiten Welt, die sicherlich da Draußen auf mich warten würde.

Jeder in der Familie war in dieser Zeit genug mit sich selbst beschäftigt und eigentlich genoss ich die Einsamkeit. Ich hatte ja auch nie viele gute Freundinnen. Bis ins Erwachsenenalter hinein sogar nur zwei engere Mädels. Sabrina, mit der ich kindlich herumalberte und Michaela, die leider schon früh ihre Mutter verloren hat. Mit Michaela verbrachte ich meine pubertäre Phase. Sie schlief bei mir, wenn wir abends noch weggehen wollten. Nicht, dass ich ewig lange raus durfte, aber scheinbar war mir mehr erlaubt als ihr. Ich hatte ja auch, im Gegensatz zu ihr, eine ältere Schwester, die diesen Kampf schon für mich ausgefochten hatte.

Heute darf ich nicht darüber nachdenken, wie selbstverständlich es für uns war, abends im Dunkeln mit fremden Autofahrern nach Haus zu trampen. Allerdings fragte auch nie jemand nach, wie wir wohl nach Hause kommen würden. Mama-Taxi gab es damals noch nicht, die wenigsten Mütter hatten einen Führerschein oder sogar ein eigenes Auto.

In unserer Clique waren Michaela und ich es, die wutentbrannt nach Hause gingen, wenn andere anfingen einen Joint zu rauchen. Dazu muss man sagen, bei uns, in der Nähe der holländischen Grenze, war es ein Leichtes, an solch ein Zeug zu kommen. Aber wir beide waren felsenfest überzeugt, wir waren gemeinsam auch so cool genug.

Das ging so lange gut, bis ich irgendwann auch mal mitmachte und meinen ersten Joint rauchte. Die Sorglosigkeit und Albernheit, die Cannabis bei mir auslöste, ließ mich schon bald zum Profi werden. Es folgen fünf Jahre, von denen ich viel vergessen haben, da, wie ich heute weiß, ein hoher Marihuana-Konsum für Gedächtnisverlust verantwortlich ist.

Ich weiß noch, dass ich mit der Clique immer wo anders abhing und meistens wirklich nur herum gehangen bin. Die erste Zeit benutzte ich Augentropfen, damit meine Eltern nichts bemerkten von meinen geröteten Augen mit den großen Pupillen. Bald merkte ich aber, dass sich da wohl keiner Sorgen machte, so konnte ich damit aufhören.

In Erinnerung blieben mir Szenen wie Einkäufe in Holland, bei denen wir mehrere schokoladentafelgroße Dopestücke kauften, um sie bei uns in Deutschland mit etwas Gewinn zu verkaufen. Ich weiß auch noch, wie ein damaliger Freund bei einem Schwarzen am Bahnhof eine größere Menge davon und noch anderes Zeug kaufen wollte. Als wir auf den Mann zugingen, sahen wir gerade noch rechtzeitig, wie Polizisten von der anderen Seite auf den jungen Mann zugingen und ihn überwältigten. Danach bin ich nie wieder bei solchen Aktionen mitgefahren.

Auch als Freunde mit Ephedrin und anderen
Tabletten anfingen, stand für mich immer
fest, das ist nichts für mich, aber der
erleichternden Wirkung des Dopes konnte
und wollte ich mich nicht mehr so einfach
entziehen.

Wenn ich so an diese Zeit zurückdenke und
als Mutter analysieren möchte, glaube ich,
mein Verhalten war sicherlich ein
Fluchtversuch. Warum sonst habe ich mir
damals, erst als ich nach Hause kam, mit
einem Kohl-Kajalstift dicke schwarze
Ränder unter meine Augen gemalt? Ich muss
fürchterlich ausgesehen haben. Wollte ich
doch nur etwas Aufmerksamkeit und die
Sorge meiner Eltern um mich spüren. Dazu
noch die roten Augen – doch niemand schien
es bemerkt zu haben.

Wieder einmal war ich für meine Eltern
unsichtbar. Selbst meine provokante Punk-
Phase, mit auffallenden Klamotten, lauter
Punkmusik und vielen Festivals, ließ
niemanden aufhorchen und nachfragen, was
mit mir los war.

Karneval im Rheinland

Allerdings hatte ich zu dieser Zeit auch die, bis dahin, kreativste Phase meines Lebens. Unsere ganze Familie wurde, wie damals oft üblich, Mitglied in einem Karnevalsverein. Hört sich wahnsinnig kleingeistig an, fasziniert mich aber immer noch, denn so ein starkes Zusammengehörigkeitsgefühl kannte ich bis dahin noch nicht.

Jeder konnte sich in diesem Verein seinen Wünschen, Alter, Talenten und Ideen entsprechend einbringen. Das betraf die kleinsten Kinder, die als Tanzmariechen in der Kindertanzgarde oder bei anderen netten Aufführungen mitmachen konnten. Dann ging es weiter mit den Showtanzgruppen für jüngere Frauen. Diese Darbietungen waren meist modern und an die Teenager unter den Zuschauern gerichtet.

Ältere arrangierten sich in der Damentanzgruppe mit lustigen und unterhaltsamen Tänzen. Auch die Herren taten sich in einer Herrentanzgruppe zusammen. Daneben gab es für kreative Jugendliche die Möglichkeit, zu dieser Zeit aktuelle oder komische Liednummern oder Bandauftritte auf die Bühne zu bringen. Ebenso wie Einzelpersonen oder Paare, konnte man sich natürlich auch an der Königsklasse im Karneval, der "Bütt" versuchen.

Unser erster Bühnenauftritt fand als Kopie von Hubert Kahs "Sternenhimmel", Anfang der 80er Jahre statt. Meine kleine Schwester und ich machten das ganz gut und hatten Blut geleckt. Im nächsten Jahr versuchte ich mich dann an einer Tanzgruppe, zuerst mit den Damen zusammen. Zwei Jahre lang legten wir ganz nette Auftritte hin, bis die Jüngeren aus der Gruppe dann soweit waren, ihr eigenes Ding zu machen.

Schließlich waren es fünf junge Frauen, die sich zur Showtanzgruppe die "Ladycats" zusammen taten. Ladycats hießen wir, weil wir einen Namen suchten und ich zu dieser Zeit ein begeisterter Prince-Fan war. Ich liebte das Lied "Lady Cap Driver", verstand aber immer Ladycatdriver. Somit hatten wir schon mal einen einprägsamen Namen. Unser erstes Stück war kein geringeres als "Singin´ in the Rain" von Gene Kelly, was wir mit schwarzen Regenmänteln, Hüten und schwarz-weißen Regenschirmen performten. Das sah ganz nett aus, da wir unter den Regenmänteln nur schwarze Bodys, hochhackige Schuhe und Netzstrumpfhosen trugen.

Damals waren wir ja auch noch jung und schnuckelig, also sah es schon sehr schön aus. Bei der eingeplanten Zugabe zogen wir unseren Mantel aus, wechselten Hut gegen Zylinder und Schirm gegen Stock aus.

Jetzt sah man auch die silber-schwarze Fliege und den Frack, die sich unter dem Mantel noch versteckt hatten. Dies war also das ideale Outfit für "New York" von Frank Sinatra. Wo auch immer wir diese beiden Stücke tanzten, kamen wir super an und hatten uns damit und durch unseren qualitativ hohen Anspruch ruckzuck einen guten Namen gemacht.

Aber wir legten fürs nächste Jahr die Latte noch höher. Wir übten "I like to be in America" aus der Westside-Story ein. Einmalig kreativ, mit viel Enthusiasmus steuerte jeder seinen Teil dazu bei, wobei ich schon stolz bin, oftmals der Ideengeber gewesen zu sein. Schließlich war es mein Lieblingsmusical. Wir hatten tolle Kostüme, eine gute Choreographie und mit meiner kleinen Schwester, eine schauspielerisch überzeugende Haupttänzerin. Auch dieses Stück kam hervorragend beim Publikum an, auch, weil es dem Genre Karnevalsauftritten eine ganz neue Richtung gegeben hatte.

Jedoch sollte dieses Stück unser letztes sein. Mein letzter, mein Abschiedsauftritt fand bei einer Seniorenmatinee statt. Ich war total aufgeregt, saß doch mein Schatz im Publikum, in den ich mich kurz zuvor und Hals-über-Kopf unsterblich verliebt hatte.

Der ganze Verein hatte sich im Vorfeld heimlich getroffen und mir ein Abschiedsfoto mit allen Mitgliedern in Uniform gemacht. Das war echt total lieb von Ihnen und bestätigte mir den Stellenwert, den ich bei ihnen hatte. Mit einem tränenden Auge verabschiedete ich mich dann in Richtung Bayern.

Wie? Bayern? Ja, das ging alles ganz schnell. Doch der Reihe nach:

Der Orient ruft

Zur damaligen Zeit gab es wenig Arbeit in unserer Gegend. Ich hatte meine Bürokaufmann-Lehre abgeschlossen und eigentlich war mein damaliger Chef bereit, mich zu übernehmen. Das war aber nicht der Plan für mich, denn mein Vater hatte sich mittlerweile selbstständig gemacht und ursprünglich hatte er für mich entschieden, dass ich ihm nach meiner Lehrzeit das Büro führen sollte. Dies erwies sich jedoch schon bald als unmöglich.

Mein Vater ließ sich von nichts und niemanden über die Schulter schauen. Er stellte Schecks aus, von denen er Tage darauf nichts mehr wusste oder nichts mehr wissen wollte und schnell war ich es leid, die Banken am Telefon abzuwimmeln. Ich war voller Tatendrang und gewillt, Ordnung in sein Chaos zu bringen und so meinen Anteil an einer gut laufenden Firma zu erbringen. Er jedoch hatte mich zum Rechnung schreiben eingeplant, alle anderen Vorgänge oder vielleicht sogar die Buchführung, hatten mich nicht zu interessieren.

So hatte es keinen Sinn und ich schaute mich nach einem neuen Job um. Aber andere "vernünftige" Arbeit gab es scheinbar nicht für mich. Nach zahlreichen Absagen auf meine Bewerbungen hin war mein Selbstbewusstsein im Keller. Doch ich habe immer als Teilzeitkraft gearbeitet in dieser Zeit; als Thekenhilfe in einem Festzelt, an der Eingangskasse einer Diskothek, als Verkäuferin in einer Boutique. Aber einen Ganztagsjob konnte ich auch nach fast 90 Bewerbungen nicht finden.

Trotz Arbeitslosengeld und anschließender Arbeitslosenhilfe schaffte ich es aber trotzdem, mir nebenbei eine kleine Aussteuer anzuschaffen. Handtücher, Geschirr und ein paar Sachen mehr.

Darauf bin ich noch heute stolz. Auch schaffte ich es, ein wenig Geld auf die Seite zu legen, denn mein damaliger Freund und ich hatten einen Urlaub geplant. Wir wollten das erste Mal in unserem Leben fliegen. Es gab ein günstiges Angebot für drei Wochen nach Tunesien. Ich fand die Idee toll, abenteuerlich in den Orient zu reisen. Noch dazu wählten wir ein modernes Club-Hotel, dass für die Urlauber Vollpension angeboten hatte. Mit Tischwein und Wasser. Ich würde mir diesen Urlaub leisten können, da keine anderen Kosten mehr auf mich zukommen würden. Letztendlich kam es dann auch so, denn am letzten Urlaubstag konnte ich mir nicht mal mehr ein Glas Limonade kaufen.

Doch knapp zwei Wochen vor unserem Urlaub, nach fünf Jahren Beziehung, merkte mein damaliger Freund dann, dass er eigentlich mal wieder frei sein wollte. Ich musste ihm sogar sofort Recht geben, da wir einfach zu jung und zu lange zusammen waren. Wir gingen nicht im Streit auseinander und ich zog auch schnell einen Schlussstrich unter dieses Kapitel. Aber was machten wir jetzt mit unserem Urlaub? Wir hatten beide unser letztes Geld investiert um ihn uns leisten zu können und von so etwas wie einer Reise-Rücktrittsversicherung hatten wir damals noch nichts gehört.

Also beschlossen wir, wir waren ja erwachsene Leute, gemeinsam und doch getrennt in den Urlaub zu fliegen.

Lustigerweise war ich zu dieser Zeit spirituell sehr aktiv und interessierte mich sehr für eine Vorhersage, die man mit Hilfe von Spielkarten machen konnte. Ich legte mir also die Karten und schrieb jedes Ergebnis genau auf: Ich würde schon bald meinen Traummann kennenlernen, eine eigene Wohnung und eine schöne Arbeitsstelle haben. Natürlich fand ich die Vorhersage einfach nur lustig und dachte nicht im Traum an deren Verwirklichung.

Um es kurz zu machen: Es war ein toller Urlaub, der mein Leben verändern sollte. Tunesien war zu dieser Zeit, Mitte der 80er Jahre, ein sehr fortschrittliches und westlich orientiertes Land. Es war für mich der moderne Orient schlechthin. Der damalige Präsident hatte schon Jahre zuvor ein Kopftuch-Verbot erlassen und das Wetter, der Traumstrand und die endlose Wüste sind bis heute noch ein Traum. Meine Mutter war sehr beunruhigt über meine Reisepläne, denn wenige Wochen vor der Abreise wurde in Tunesien eine junge, blonde Frau entführt. Aber das schreckte mich nicht ab, im Gegenteil, das war doch abenteuerlich.

Mulmig wurde mir erst, als wir am ersten
Abend im Dunkeln den Strand anschauen
wollten. Schnell waren wir von "netten"
Einheimischen umzingelt, die es auf unsere
Geldbeutel abgesehen hatten. Lediglich der
große, mit einem großen Holzknüppel
herumfuchtelnde Wächter des Hotels konnte
uns aus der Belagerung noch rausholen,
alleine hatten wir keine Chance und wären
mit ziemlicher Sicherheit wenige Minuten
später zusammengeschlagen worden.

Unser Retter wirkte allerdings im Dunkeln,
mit seiner traditionellen
Beduinenkleidung, dem wilden Haar und
seinem Turban, genauso furchteinflößend
auf mich. Als er laut schreiend und mit
dem großen Holzknüppel wild fuchtelnd auf
mich zu rannte, ahnte ich ja nicht, dass
er nur die bösen Jungs vertreiben wollte.
Doch das gelang ihm und wir haben uns
schnell verzogen und daraus gelernt.

Das ganze Spektakel tat dem Urlaub aber
nur kurzzeitig einen Abbruch, denn das
Hotel war sehr schön und die Leute alle
äußerst nett und zuvorkommend. Am nächsten
Tag wollte ich endlich den herrlichen
Sandstrand genießen. Nachdem mein
Begleiter dort mit einer netten Nachbarin
ins Gespräch gekommen war, setzten wir uns
auch am Abend zu ihr und ihrem Freund an
den Tisch.

Nach und nach setzten sich immer mehr
Leute dazu und wir verstanden, dass da
eine ganze Gruppe aus Bayern zusammen
angereist war. Von da ab verbrachten wir
viele unterhaltsame Abende gemeinsam mit
dem Pärchen und ihrer Clique. Ich hatte
schon lange nicht mehr so viel Spaß
gehabt. Ständig wurde gelacht und der
bayerische Dialekt war eine echte
Herausforderung. Ich denke, auch für sie
waren die rheinischen Töne lustig und so
passte einfach alles.

Der Freund von dem Mädel war ein echt ganz
süßer Kerl, aber sowas von Tabu für mich,
war er doch vergeben. Alle waren recht
nett und jeden Abend lachten wir Tränen.
An manchen Abenden bildete ich mir ein,
war der Freund von dem Mädchen besonders
um mich bemüht. War das flirten, was wir
taten? Ich wusste es nicht. Wir waren uns
einfach sehr zugetan. Aber am nächsten Tag
lag er am Strand und beachtete mich kaum.
Erst am Abend, wenn gefeiert wurde, legte
er sich wieder ins Zeug und war einfach
unwiderstehlich süß und nett. Das ging bis
zum letzten Abend der bayerischen Clique
so. Am nächsten Tag sollten sie nach Hause
abreisen. Ich hatte noch eine Woche länger
Urlaub und so feierten wir natürlich
großen Abschied.

Wir machten die Nacht durch und am frühen
Morgen konnten wir beide uns endlich von
den anderen absetzen und spazierten ein
Stück.

Erst da, dass glaubt uns heute kein Mensch
mehr, gestanden wir uns ein, wir hatten
uns verliebt. Im Gegensatz zu mir, sagte
er aber gleich, dass wir als Paar sowieso
keine Chance hätten. Wir wohnten fast 700
km voneinander entfernt, das könnte nicht
gut gehen. Mit gemischten Gefühlen sah
ich, wie der Bus mit den Bayern und mit
ihm abfuhr. Zuerst war mir schwer ums
Herz. Stellte ich mir doch von nun ab
alles, was ich im Urlaub noch tat, mit IHM
an meiner Seite vor. Irgendwann fühlte ich
mich aber merkwürdig befreit. Ich denke,
ich hatte kurzzeitig gemerkt, dass ich ja
jetzt eigentlich frei war und tun und
lassen konnte, was ich wollte. Nicht, dass
ich das hätte, aber ich hätte es können.

Von Sehnsucht getrieben

Wieder Zuhause angekommen, begannen sofort
erneute Reise-Vorbereitungen. Ich war von
unseren Urlaubsbekanntschaften aus Bayern
eingeladen, sie zum Oktoberfest in München
zu besuchen. So verbrachte ich ein
turbulentes Oktoberfest-Wochenende mit
vielen Eindrücken und einer völlig neuen
Kultur.

Damals fand ich es etwas befremdlich, dass sogar die ganz jungen Leute diese, für mich äußerst altmodischen, Trachten trugen. Auch die Festzelte, die eher Häusern glichen, erschlugen mich förmlich mit ihrer Größe und dem Getummel der zahlreichen Menschen darin. Ich schlief bei einem Pärchen aus der Clique und die neuen Freunde nahmen mich gastfreundlich auf. Ich hatte nur ein einziges Mal kurz die Gelegenheit zu einem Gespräch unter vier Augen mit meiner, wie ich nun schon wusste, großen Liebe. Er lebte allerdings noch mehr schlecht als recht mit seiner damaligen Freundin in ihrer gemeinsamen Wohnung.

Die Rückfahrt verbrachte ich, müde und vollgepumpt mit Impressionen, mit grübeln und träumen. Als ich vor unserem Haus stoppte kam gerade zufällig meine kleine Schwester aus dem Haus. Sie sah mich, sah noch einmal genauer hin und grinste dann über das ganze Gesicht. Nachdem ich dann das riesige Lebkuchenherz hervorzog, das mir von meinem Schatz geschenkt wurde, lachte sie lauthals los und wusste, dass ich eine Menge Spaß gehabt hatte.

Zuhause angekommen quälte ich mich jeden Tag durch bis um 17.00 Uhr Das war die Zeit, die wir vereinbart hatten, zu der mein Liebster immer anrufen würde. Das war damals gar nicht so einfach.

Gab es ja noch, heute unvorstellbar, kein Handy, keine Bildtelefonie und keine SMS. Von Zuhause aus durfte ich nicht telefonieren. Ich musste also bei jedem Wetter zehn Minuten zur nächsten Telefonzelle laufen und jede Menge Kleingeld mitnehmen, denn die Telefonate waren sehr teuer, es waren ja Ferngespräche. Einfacher war es, wenn mein Schatz mich anrief. Dafür vereinbarten wir beim vorherigen Telefongespräch auch eine Uhrzeit, doch beruflich konnte bei ihm immer etwas dazwischen kommen.

Diese Zeit war schließlich geprägt von Warten und Sehnsucht auf ein baldiges Wiedersehen. Wenige Male besuchten wir uns gegenseitig, was sehr teuer und aufwändig war, doch die Vernunft flüsterte uns erstmal zu, vernünftig zu sein.

Die Phase dauerte von Anfang Oktober bis zum 9.11.1985. An diesem Tage trafen wir am Telefon - endlich - die Entscheidung, dass wir mit den kurzen Wochenendbesuchen nicht ewig weitermachen wollten. Uns war klar, dass dies auch nicht lange funktionieren könnte, doch mein Bayer würde seine Heimat nur schwer verlassen können. Ich dagegen war arbeitslos, hatte keine eigene Wohnung, die ich auflösen müsste, also fiel mir die Entscheidung eigentlich leicht: Ich würde zu ihm nach Bayern ziehen.

Dieses Datum ist der Wendepunkt in meinem Leben und oft frage ich mich, was wohl aus mir geworden wäre, hätten wir nicht so entschieden. Bereits am 15.11.1985 besuchte mein Schatz meine Familie und brachte meiner Mutter einen Blumenstrauß mit. Ich weiß das Datum so genau, da meine große Schwester an diesem Tag meinen kleinen Neffen auf die Welt brachte. Wir hingegen bereiteten alles auf meinen Umzug vor. Zuerst wollte ich jedoch noch eine angefangene Ausbildung zu Ende machen. Um Zukunftsperspektiven zu haben, hatte ich zwischenzeitlich mit einem Studium zur Diplom-Kosmetikerin angefangen in der Hoffnung, danach in Selbstständigkeit leben zu können. Nach dem Abschluss, Ende Januar, kam mein Schatz mich und mein bescheidenes Gepäck samt Aussteuer abholen.

Meine Eltern gaben mir damals weder einen guten Rat noch finanzielle Unterstützung mit auf den Weg. Auch heute noch, nach so langer Zeit, ist mir ihre Gleichgültigkeit über meinen Wegzug in Erinnerung. Meine Schwestern freuten sich dagegen für mich und meine Lebensveränderung, sahen sie doch, wie glücklich ich in letzter Zeit war. Merkwürdigerweise fiel mir der Abschied nicht sonderlich schwer, was sicherlich meiner Jugend geschuldet war.

Bayern - ich komme

Ich freute mich auf meinen neuen
Lebensabschnitt. Gemeinsam mit meinem
Liebsten würde ich in einer Wohnung leben.
Endlich würde ich einen eigenen Haushalt
führen. Mein Schwiegerpapi in Spe hatte
sich umgehört und noch vor meinem Umzug
bekam ich doch tatsächlich eine sichere
Vollzeit-Arbeitsstelle in einem Büro.

Ich hatte die Eltern meiner Liebe bei
einem früheren Besuch kennengelernt und
fand sie einfach toll. Noch nie hatte ich
ein Ehepaar gesehen, das nach so vielen
Jahren so liebevoll miteinander umging. Es
wurde miteinander gelacht, nett geredet,
auch mal in den Arm genommen oder gar
gebusselt. Das kannte ich nun wirklich
nicht. In all meinen Erinnerungen sah ich
nie eine Zärtlichkeit zwischen meinen
Eltern. Im Gegenteil, eher unfreundlich
war der Umgangston zwischen ihnen. Ohne
Respekt und Liebe sprachen sie über- und
zueinander. Überhaupt fiel mir in den
kommenden Jahren aufgrund der Distanz oft
die Lieblosigkeit auf, mit der ich
aufgewachsen war.

So zog ich also zu meinem Schatz in die
Wohnung, hatte endlich eine Arbeit und wir
hatten eine schöne, aber auch anstrengende
Zeit. Er war nämlich ein
leidenschaftlicher Fußballspieler.

Wir waren oft mit seiner großen Clique unterwegs, was anfänglich extrem anstrengend für mich war. Ich dachte, ich würde den bayerischen Dialekt verstehen, doch ich musste lernen, dass auch ich mich nur einige Zeit auf einen fremden Dialekt konzentrieren konnte. Jeder, der schon einmal in dieser Situation war, kann nachempfinden, was ich meine. Irgendwann im Laufe des Abends schaltete ich ab und lächelte nur noch dümmlich in die Gegend.

Aber schon bald war der Dialekt kein Problem mehr für mich. Allerdings tat ich mich anfänglich schwer mit den Ortskenntnissen. Viele Kilometer fuhr ich vergeblich in die falsche Richtung, bis ich dann schließlich feststellen musste, dass mein Ziel nur um die Ecke lag. Heute bin ich ein großer Freund der Navigationssysteme, doch damals gab es diese leider noch nicht.

Auch die Bayerische Mentalität muss man erstmal verstehen lernen. Es dauerte eine Weile, bis ich merkte dass ein Bayer das, was er barsch daherredet, manchmal augenzwinkernd nett meint. In anderen Situationen kam es mir vor, als hätte ich aus Nordrhein-Westfalen einen Zeitsprung zehn Jahre zurück in die Vergangenheit gemacht. Ja, Bayern hat in manchen Punkten eine sehr konservative Einstellung, aber mittlerweile weiß ich genau das zu schätzen. Hier haben Werte noch einen Wert.

Ich fühlte mich in meiner neuen Heimat von Anfang an wohl und angenommen. Nicht ein einziges Mal in den vielen Jahren habe ich es bereut, nach Bayern ausgewandert zu sein, auch wenn ich spaßeshalber immer behauptet hatte, ich wäre nach Bayern gekommen, um Entwicklungshilfe zu leisten.

Ich konnte mein Glück kaum fassen, hatte ich doch endlich eine Arbeit, die mich ausfüllte, demzufolge auch keinen Geldmangel mehr. Ich wohnte in einer schönen Wohnung, mit meinem Traumtypen an der Seite und einem riesigen Freundeskreis. So war die Vorhersage tatsächlich wahr geworden.

Eines Tages wurde uns plötzlich in einem Gespräch klar: Wir müssen heiraten, wir gehören einfach zusammen. Wir wollen den Rest unseres Lebens zusammen verbringen und Kinder miteinander haben. Seit dem Tag, an dem wir einen Hochzeitstermin ausgemacht hatten, hörten wir mit dem Verhüten auf. Wir wollten schnell Eltern werden. Die Monate vergingen und so kam es, wie es kommen musste. Zur Hochzeit war ich im dritten Monat schwanger. Meine Güte, hatten wir einen Polterabend. Alle waren gekommen. Die bayerische Familie, auch meine Familie war aus Norddeutschland angereist.

Die Stammtischmannschaft und die
Firmenmannschaft von meinem Zukünftigen,
Nachbarn, Vermieter, Arbeitskollegen,
Freunde aus meiner und seiner Heimat,
sogar unser Pfarrer war mit dem Fahrrad zu
uns gefahren. "Könnte sein, dass ich heute
eine Halbe mehr trinke" meinte er nur
augenzwinkernd. Was soll ich sagen: Wir
feierten eine Traumhochzeit. Auch Jahre
danach meinten unsere Freunde, dass unsere
Hochzeit mit Abstand die schönste war.
Vielleicht lag das aber auch nur daran,
dass wir so ziemlich die ersten im
Freundeskreis waren, die sich das Ja-Wort
gaben.

Als ich noch zu Hause wohnte hatte meine
kleine Schwester einen Freund, der sie
nach Strich und Faden betrogen hat. Soweit
ich das beurteilen kann, hat sie sich das
viel zu lange gefallen lassen. Ich war
gerade nach Bayern gezogen, da kam sie mit
einem, recht nett wirkenden Jungen
zusammen. Bei einem Besuch zu Hause hörte
ich aber zwischen den Gesprächen raus, sie
dürfe sich nicht schminken, das würde ihm
nicht gefallen, sie dürfe das und jenes
nicht, das möchte er nicht. Gemeinsame
Freunde ließen einmal durchblicken, er
würde sie vielleicht schlagen, wenn sie
nicht gehorchen wollte. Mit ihm zusammen
kam sie zu unserer Hochzeitsfeier.

Meine kleine Schwester war, genau wie der beste Freund meines Mannes, Trauzeuge unserer Hochzeit. Meine Oma flüsterte mir nach dem Standesamt-Termin zu: "Als ihr die Treppe runtergekommen seid und die beiden Trauzeugen gleich hinter euch, deine kleine Schwester auch mit einem Blumenstrauß in der Hand, dachte ich, das wäre auch ein frisch vermähltes Ehepaar."

Unser Freund schwärmte mir immer wieder während der Hochzeitsfeier von meiner kleinen Schwester vor. Als ich dann zu später Stunde den Brautstrauß in die unverheiratete Runde warf, was soll ich sagen, fing er ihn auf, strahlte, grinste und offenbarte mir zwei Stunden später: "Sie mag mich auch".

So kam es, wie es kommen sollte: Ich freute mich, denn meine kleine Schwester würde in meine Nähe ziehen und heiratete später unseren besten Freund. Klingt kitschig, war aber so.

Ihr Kinderlein kommet

Eine Zeitlang war alles schön, wir vier gingen oft zusammen weg, und unser erstes Kind war unterwegs.

Die Schwangerschaft verlief völlig unkompliziert. Ich weiß nicht, was schneller wuchs: Die Pickel in meinem Gesicht oder mein Bauch. Eines machte mir doch etwas zu schaffen. Die Firma, in der ich arbeitete, beschäftigte neben mir noch eine junge Frau im Büro. Wir beide schmissen den Laden, was die Büroarbeiten betraf. Ich verstand mich sehr gut mit meiner Kollegin. So wusste sie, dass wir an unserem Kinderwunsch "arbeiteten".

Als ich am Morgen, nach dem positiven Schwangerschaftstest in das Büro kam, stellte sie wortlos ein Glas Gurken, mit einem Schnuller drauf auf meinen Schreibtisch. Ich verstand nicht. Woher wusste sie das denn schon? Wir brauchten einige Zeit bis wir verstanden: Ich sprach von meiner, sie von ihrer Schwangerschaft. Fast zeitgleich würden wir Mutter werden. Das war natürlich für meinen Chef und unsere Firma der Hammer und er unterstellte uns böswillige Absichten. Von nun an war es vorbei mit der schönen Arbeit. Zuerst meldete mein Chef für uns Kurzarbeit an. Das hieß für uns: Eine musste die gleiche Arbeit schaffen, wie sonst zwei.

Dann gab es viele Situationen, in denen ich mich, heute würde man sagen, gemobbt fühlte. Beispielsweise fragte der Chef in welchem Monat der Schwangerschaft ich war. Als ich dann antwortete, hörte ich nur noch, wie er mitleidig sagte: In diesem Monat hat eine Bekannte auch ihr Kind verloren.

Welche Schwangere will sowas hören? Wahrscheinlich war ich aber auch besonders empfindlich zu der Zeit. Jedenfalls hatte es zur Folge, dass ich oft nach Hause kam und regelrecht Weinkrämpfe bekam. Heute könnte ich mich wehren, aber in jungen Jahren fand ich mich damit ab, dass mein Frauenarzt mich nicht einen einzigen Tag von der Arbeit befreien wollte, obwohl ich zeitweise nervlich sehr angeschlagen war.

All das, glaube ich heute, ist der Grund, warum mein süßes erstes Kind später hyperaktiv wurde. Aber der Reihe nach. Die Geburt verlief schnell, fast zu schnell und gut. Von der ersten Wehe bis zur Entbindung dauerte es ziemlich genau zwei Stunden. In der Zeit danach hielt mich mein Baby auf Trab. Es war ein sogenanntes Schreikind. Heute bekommen die Eltern in dieser Situation Hilfe in Schreiambulanzen. Das finde ich gut und für junge betroffene Eltern absolut wichtig. Für uns hieß das aber damals: Das Kind schaukeln, herumtragen, wippen, bewegen oder schreien lassen.

Letzteres konnten wir beide nicht, also durchlebten wir eine wirklich anstrengende Zeit. Jedes süße Lächeln des Kindes ließ uns weiter durchhalten.

Wir überstanden die erste schwere Zeit, genossen unser Elterndasein und wollten nach etwa drei Jahren ein Geschwisterchen für unser Kind haben. Was freute sich unser Erstgeborenes, als der Bauch nach dem Einreiben mit Schwangerschaftsöl immer größer zu werden schien. Dann sagte es: "Mama, ich weiß, wo die Babys herkommen". Mir wurde schon ganz warm, war unser Kind doch gerade erst dreieinhalb Jahre alt, was sollte ich jetzt dazu sagen? "Aus der Ölflasche" meinte es da nur. "Du reibst Deinen Bauch damit ein und das Baby wächst dadurch." Puuh!

Auch die zweite Geburt verlief völlig normal. Ich bin heute stolz darauf, beide Kinder ohne Hilfs- oder Schmerzmittel bekommen zu haben, allerdings wäre dazu bei wieder zwei Stunden Geburtsschmerz auch kaum Zeit geblieben. Unser zweites Kind war von Anfang an anders. Wesentlich ruhiger, es wirkte ausgeglichener. Allerdings hatte ich schon bald das Gefühl, es nicht satt zu bekommen.

So stellte ich auf Fläschchen um und unser Baby wurde schnell zu einem richtigen Wonneproppen. Nur leider spuckte es nach den Mahlzeiten recht viel Milch wieder aus und außerdem hatte es immer leicht erhöhte Temperatur.

Also kam ich mit ihm ins Krankenhaus. Wer schon mal gesehen hat, wie einem Säugling eine Blutprobe entnommen wird, nämlich aus dem Kopf, weiß was wir in der nächsten Zeit durchmachten.

Es wurde eine Milch- und Hühnereiweiß-Allergie bei ihm festgestellt. Die nächsten zwei Jahre hielt ich mich streng an die komplizierten Essensvorschriften, dann löste sich die Allergie in Luft auf. In der Zwischenzeit war unser kleinstes Kind oft krank, es hatte ständig Atemwegsinfektionen. Es zerriss mir das Herz, das kleine Baby vor das Inhalationsgerät zu halten, da es schon wieder eine schwere Bronchitis hatte. Die Ärzte warnten mich, hatte meine Oma doch schweres allergisches Asthma.

Auch machte ich mir Sorgen, da unser Jüngstes fast nicht redete. Jeder beruhigte mich: Das Kind ist gemütlicher als das erste, es braucht nur noch mehr Zeit. Nachdem mich mein Gefühl nicht verließ und ich bei vielen Ärzten war, die bei einem so kleinen Kind noch keine Diagnose stellen wollten oder konnten, ging ich mit ihm in eine Spezialklinik. Dort wurde endlich festgestellt, was ihm fehlte. Es war schwerhörig, konnte zu dieser Zeit fast nur noch von meinen Lippen ablesen.

Schnellstens wurde unser Kind operiert und mit der Hilfe einer Logopädin und den Spezialisten einer Frühförderstelle holte es in seiner Entwicklung schnell wieder auf.

Irgendwann in dieser Zeit merkte meine kleine Schwester, dass sie einen Schlussstrich unter ihre Ehe ziehen musste. Aber wohin sollte sie nun gehen, mit ihren mittlerweile drei Kindern als alleinerziehende Mutter? Schweren Herzens musste ich sie ziehen lassen. Sie wollte die erste Zeit mit den Kindern im Haus unserer Eltern in Nordrhein-Westfalen unterkommen, bis sie eine Wohnung gefunden hätte.

Ich denke, es war eine heftige Zeit für sie und die Kinder, im Haus unserer Eltern, die sicher eine zusätzliche Belastung für sie waren. Mein Vater, der selbstständig und sehr stolz auf seine Chefrolle war, gab ihr tatsächlich ein bisschen Geld. Weniger, als er für eine Putzfrau hätte zahlen müssen, die meine Schwester ihm jetzt ersetzte. Zu der Zeit fing meine Mutter nämlich schon an, richtig krank zu werden.

Meine große Schwester, die gerne helfen wollte, hatte selbst mit ihrer vielen Arbeit und ihrer großen Familie genug zu tun und sprang zusätzlich zur Hilfe herbei.

Und ich? Ich saß zu Hause, hatte von allen die meiste Zeit und saß 700 km von dem lieben Menschen entfernt, der nun meine Hilfe dringend notwendig gebraucht hätte und damit meine ich meine kleine Schwester.

Keine Rampensau

Nein, ich bin sicher keine Rampensau, aber auf einer Bühne stand ich immer wieder in meinem Leben. Allerdings habe ich mich stets wohler gefühlt, wenn ich meine kreative Art in der zweiten Reihe ausleben konnte.

Das erste Mal stand ich in der 1. Klasse auf der Schulbühne. Zusammen mit einem Klassenkameraden spielten wir eine Szene aus Hänsel und Gretel. Es war berauschend für mich, dermaßen im Mittelpunkt zu stehen und von allen Seiten gelobt zu werden. Mehrmals durfte ich bei großen Firmen-Nikolaus-Feiern eines der begehrten Engelchen sein. Das passte aber auch zu mir, denn ich hatte viele Jahre lange, blonde Locken bis zur Hüfte.

Meine nächste Bühnenerfahrung machte ich in der Realschule. Ab der 7. Klasse wählte ich das Nebenfach „Theater-AG". Hier lernte ich das Ausarbeiten und die wichtigsten Vorbereitungsschritte von Aufführungen und sollte gleich meine erste Hauptrolle in „Post für Petra" bekommen. Es folgten einige kleinere und schließlich eine große Aufführung auf unserem Abschlussfest in der 10. Klasse.

Viel dazugelernt habe ich in den folgenden Jahren bei der Bühnenarbeit mit dem Karnevalsverein und den dazugehörigen Shows. Nun folgte durch meinen Umzug nach Bayern und die vielen familiären Veränderungen eine längere Pause. Irgendwann begann ich jedoch mit dem Tanzen und die nächsten 15 Jahre stand ich mit den verschiedensten Tanzgruppen auf einigen bayerischen Bühnen. Wieder begeisterte mich die Entwicklung einer Darbietung von der ersten Idee bis zur Entstehung einer eigenen Choreografie. Die passende Musik finden und bearbeiten, spektakuläre Bühnenkleidung entwerfen und nähen, und letztendlich ein möglichst perfekter Auftritt.

Doch bei all dieser Begeisterung bin ich wirklich nie eine Rampensau gewesen. Ich wollte nie im Mittelpunkt stehen, denn das ist mir Zeitlebens unangenehm gewesen. Und das zieht sich wie ein roter Faden durch mein Leben.

Das geht sogar so weit, dass ich auch
heute noch versuche zu vermeiden, einen
Raum als erstes zu betreten. Ein wirklich
ungutes Gefühl, wenn sich alle Blicke der
Anwesenden auf mich richten. Vielleicht
liegt das auch daran, dass ich mich als
Kind oft fast schon unsichtbar gefühlt
habe und diese Rolle mittlerweile
verinnerlicht habe.

Alles ist anders

Ich war 43 Jahre alt als meine, bis dahin
recht heile Welt auseinander brach. Meine
große Schwester ließ eine Bombe platzen:
Mein Vater hätte sie als Kind missbraucht.
Auch meine kleine Schwester war von ihm
nicht verschont worden. Meine Mutter hätte
dies alles gewusst.

Damit wurde mir der Boden unter den Füßen
weggezogen. Ich hatte tausend Bilder vor
Augen, überdachte jede Erinnerung. Was war
mit mir? Sollte er ausgerechnet mich
verschont haben? Meine große Schwester
hatte das Geheimnis verdrängt, bis sie
nun, im Alter von 48 Jahren fast zufällig
erfuhr, dass auch unsere Kleine betroffen
war.

Bis dahin dachte sie, die Einzige gewesen zu sein, der das widerfahren ist. Sie hatte während ihres jahrelangen Martyriums geglaubt, wenn sie sich opfert, bleiben ihre Schwestern verschont. Sie hatte darum dieses dunkle Kapitel ganz tief in ihrem Unterbewusstsein vergraben, doch nun kochte alles hoch. Auch aus meiner kleinen Schwester brach jetzt alles heraus. Sie hatte die schlimmen Erinnerungen hinter einer dicken Türe weggesperrt.

Ich stand unter Schock. Hatten wir doch all die Jahre in einer Scheinwelt gelebt, hätte ich denn nichts merken müssen? Hatte ich denn vielleicht was gemerkt und es auch nur verdrängt? Wurde mir etwa auch etwas angetan? Vielleicht, als ich noch ganz klein war? Hatte denn auch ich vielleicht nur eine Tür hinter mir zugeschlagen, die ich nur schwer wieder öffnen konnte? Ich war schwer erschüttert in den Grundfesseln meines Lebens und weiß die Antworten auf meine Fragen bis heute nicht.

Ich weiß nur, dass manche Erinnerungen jetzt einen Sinn ergeben. Etwa die nächtlichen Alpträume meiner großen Schwester. Die fanden nämlich genau zu dieser Zeit statt. Nun erklärt sich das Beschwichtigen meiner kleinen Schwester, mitten in der Nacht "....das bildest du dir nur ein...".

Dazu der Schock, wie konnte eine Mutter dies alles zulassen, schlimmer noch, wie konnte sie einem Kind noch einreden es würde spinnen. Jetzt, wo ich mittlerweile selber Mutter bin, kann ich ihr Verhalten absolut nicht einmal ansatzweise verstehen. Ich denke, meine Mutter hat meine Schwestern genauso missbraucht, wie mein Vater. Sie, von der ich immer dachte, sie wäre eine recht gute Mutter gewesen, hat von einem Moment auf den anderen in meinen Augen ihr Anrecht auf die Bezeichnung "Mutter" verloren.

In den Gesprächen mit meinen Schwestern erfuhr ich, dass es damals sogar Hilfsangebote für unsere Mutter gegeben hat. Ihre Familie hätte sie bei einer Trennung unterstützt. Natürlich war es damals nicht einfach den Mann zu verlassen. Hatte man doch kein Geld und keinen Beruf. Als alleinstehende und alleinerziehende Mutter war man damals verpönt. Ganz davon zu schweigen, dass sie nicht für unseren Lebensunterhalt hätte aufkommen können und Vater sie wohl auch ständig daran erinnerte. Ich kann es trotzdem nicht verstehen. Eher würde ich auf der Straße leben, als meine Kinder an einen Kinderschänder zu verraten.

So starben meine Eltern für mich. Von einem Tag auf den anderen verlor ich meine Eltern und die Illusion auf eine halbwegs normale Kindheit.

Meine Schwestern taten mir leid, mich ekelte bei meinen Erinnerungen. Die ewigen Grübeleien, ob er mir auch etwas angetan haben könnte, zermürbten mich. Und wenn nicht, warum hatte er ausgerechnet mich verschont? Dazu kam das schlechte Gewissen. Was war ich denn für eine Schwester, dass ich das nicht gemerkt hatte und das meine Schwestern in all den Jahren nicht das Vertrauen zu mir gefunden hatten, um sich diese Last von der Seele zu reden.

Nun hatte ich es aber noch verhältnismäßig leicht. War ich doch 700 km von meinem Elternhaus entfernt. Den Rest meiner Familie traf es nicht so gut.

Einmal noch besuchte ich meine Eltern. Meine Mutter war mittlerweile schwer krank und schimpfte auf meine große Schwester, warum sie die alten Geschichten nicht einfach ruhen lassen konnte. Doch für Diskussionen war sie schon zu gebrechlich. Irgendwie hoffte ich, mein Vater würde sich, jetzt im Alter, seine Schuld von der Seele reden wollen. Doch weit gefehlt. Er beschuldigte meine Schwestern der Lüge und windete sich, bis er sich letztendlich als Opfer darstellte. An Reue oder gar Schuldgefühle dachte er nicht im Entferntesten.

Ich bewunderte meine große Schwester. Zu dieser Zeit schaute sie immer wieder bei unserer Mutter vorbei und unterstützte sie sogar bei der Pflege.

Es ist mir unerklärlich, woher sie diese Kraft nahm. Auch meine kleine Schwester besitzt diese unerklärliche Stärke, für die ich sie bis heute bewundere. Was war ich glücklich, als sie mir den Auftrag gab: "Suche bitte mit mir zusammen eine Wohnung, ich kann bei meiner alten Arbeitsstelle wieder anfangen, wir kommen in den Sommerferien." Sie hatte sich in Bayern immer sehr wohl gefühlt und wollte bald schon unbedingt zurückkommen.

Heute

Genau an meinem 18. Geburtstag heiratete
meine große Schwester ihre große Liebe.
Bis heute sind die beiden glücklich
zusammen und haben schon einige Höhen und
Tiefen gemeinsam durchlebt. Ich freue mich
sehr, dass meine Große ihr Glück und
inneren Frieden gefunden hat.

Meine kleine Schwester kam wieder zu mir,
nach Bayern. Heute lebt sie mit ihren
Kindern idyllisch auf dem Land. In Ihrer
Arbeit ist sie sehr angesehen, was mich
für sie freut, denn sie ist extrem
fleißig. Meine Bewunderung für sie ist
groß, denn auch trotz einiger Rückschläge
ist sie immer wieder voller Kraft und
Zuversicht.

Es ist faszinierend, wie sich unsere
angeborenen oder angelernten
Verhaltensmuster im täglichen Leben immer
wieder durchsetzen können. Auch jetzt
noch, nach vielen Lebensjahren gibt es
Situationen, in denen ich mit meiner
älteren Schwester spreche und wir uns
bereits im Gespräch einig sind, diese oder
jene Information nicht an unsere Kleine
ranzulassen. Es muss der natürliche
Schutzinstinkt sein, den wir Großen
besitzen um unsere Jüngste vor
Unangenehmen zu bewahren.

Auf der anderen Seite, aus der Sicht
unserer jüngeren Schwester, erfahren wir
nur zögerlich bis gar nicht, von ihren
Problemen. Denn ihr scheint es anerlernt,
uns gegenüber wenig Schwäche, oder wohl
eher vermeintliche Schwäche, zu zeigen.
Diese interessante Erkenntnis lässt so
manches Verhalten jedes Schwesternalters
besser verstehen. Letztendlich muss Jede
zu dem Schluss kommen und kommt auch im
besten Fall dazu, die andere Schwester
genauso zu akzeptieren, wie sie ist.
Ebenso erhofft man die gleiche Toleranz
für sich selbst.

Ich selber bin glücklich und ausgefüllt in
meinen Rollen als Ehefrau, Mutter,
Großmutter, Schwiegertochter und
Schwester. Mein Mann hat mir dabei
geholfen, meinen Lebensmittelpunkt neu
auszurichten und er hilft mir auch heute
noch dabei, die Balance zu halten und den
Blick auf das Wesentliche zu lenken. Meine
Stärke, das weiß ich heute, ist die Kraft,
immer für andere da zu sein. Ich denke,
und hoffe, dass jeder in der Familie mich
als Anlaufstation empfindet und weiß, dass
er jederzeit Hilfe von mir bekommt. Wenn
das auch manchmal anstrengend ist, so
liebe ich doch genau das. Das ist mein
Leben.

SCHLUSSWORT

Mein Schicksal ist es, die mittlere Schwester zu sein. Mit all ihren Vor - und Nachteilen.

Ich hatte Zeitlebens scheinbar viel Glück und wüsste nicht, wie ich glücklicher hätte leben können, als mit meinem Mann, der mich liebt und meinen Kindern, denen die Familie sehr wichtig ist.

In jungen Jahren ging jede von uns drei Schwestern ihren eigenen Weg und dass ist wohl auch gut so. Doch jetzt, wo wir nicht mehr so ganz taufrisch sind, machen wir alle vermehrt die Feststellung, dass wir uns immer ähnlicher werden.

Über all die Jahre hinweg, über all die Kilometer hinweg haben wir schon oft gelacht, weil wir ähnliche oder sogar gleiche Dinge gekauft haben.

Doch immer wieder ist es interessant, wie unterschiedlich die Erinnerungen an unsere gemeinsame Kindheit sind.

Heute können wir wieder miteinander über die Vergangenheit reden. Und manchmal auch lachen.

Ich fühle mich mit meinen beiden Schwestern sehr verbunden, teile ich mit der großen doch die Rolle der großen Schwester. Ebenso werde ich gemeinsam mit der jüngeren Schwester immer die kleine Schwester bleiben. Die merkwürdigen Windungen unseres Lebens hat uns zusammengeschweißt und ich weiß, dass ich mich im Notfall auf meine Schwesterherzen verlassen kann. Ich hoffe, dass sie wissen, dass auch ich immer für sie da bin, wenn sie mich brauchen.

Unsere Eltern haben viele Fehler gemacht, wie alle Eltern. Jedoch haben sie sicherlich gravierendere Fehler begangen als andere Eltern.

Dennoch haben sie uns drei Schwestern zu dem gemacht, was wir heute sind: drei starke Frauen und dafür bin ich ihnen dankbar!